TROIS PEUPLES

1. L'HÉRITAGE DU FEU

SCÉNARIO ET DESSIN :

ALAIN JANOLLE

COULEUR :

CAROLINE VAN DEN ABEELE

MISE EN COULEUR DE LA COUVERTURE :

STÉPHANE PAITREAU

Glénat

Merci à Anne pour son aide au quotidien.
Merci à Florent pour le déblocage du titre.
A.J.

Du même auteur

Chez le même éditeur

Trois Peuples
1. L'héritage du feu
2. Léviathan

H.O.P.E.
1. Deyann
2. Le peuple de Joshua
3. Hybrides

Aux éditions Soleil

Némésis (scénario de Ange – 5 volumes)
Babel (scénario de Ange – 2 volumes)

www.glenatbd.com

Couvent Sainte-Cécile, 37 rue Servan 38000 Grenoble.

Dépôt légal : juin 2013.
ISBN : 978-2-7234-8538-8.
Achevé d'imprimer en France en juin 2013 par Pollina- L64247,
sur papier provenant de forêts gérées de manière durable.

DEPUIS DES MILLIERS D'ANNÉES, LES HUMAINS GARDAIENT LES LÉMURS EN ESCLAVAGE.
LEUR MAGIE ET LEUR TECHNOLOGIE AVAIENT FAIT D'EUX LES MAÎTRES.
PAR SOIF DE CONQUÊTE, PAR AVIDITÉ... C'EST AUX CHAÎNES QU'ILS AVAIENT CONDAMNÉ NOTRE PEUPLE.

LES HUMAINS AVAIENT AVANCÉ DANS LES TERRES FERTILES. ILS AVAIENT PILLÉ, PRIS ET TUÉ. ILS AVAIENT FONDÉ UN EMPIRE, SUR LE SANG ET LA SUEUR DES LÉMURS.
LE DERNIER EMPEREUR HUMAIN ÉTAIT, DISAIT-ON, PIRE ENCORE. MAIS PEUT-ÊTRE SA RÉPUTATION DE CRUAUTÉ ÉTAIT-ELLE EXAGÉRÉE.
SA RESPONSABILITÉ ÉTAIT LOURDE.
LES REPTILES, L'ENNEMI ÉTERNEL, AVAIENT TRAVERSÉ L'OCÉAN, DÉVORÉ LE DÉSERT.
ET CHAQUE ANNÉE, ILS S'APPROCHAIENT UN PEU PLUS DE KANTHARA, LA CAPITALE.
L'EMPEREUR AVAIT PEUR. AUSSI ÉTAIT-IL SANS PITIÉ. LES LOIS CONTRE LES ESCLAVES EN FUITE, OU DÉSERTEURS, S'ÉTAIENT DURCIES.
IL RESTAIT ÇÀ ET LÀ, DANS LES GRANDES FORÊTS, QUELQUES VILLAGES LÉMURS LIBRES.
PLUS POUR LONGTEMPS.
L'EMPEREUR AVAIT DONNÉ DES ORDRES. PLUS DE TERRES FRANCHES.
POUR LES LÉMURS, C'ÉTAIT L'ESCLAVAGE OU LA MORT.

MAHYIA ! ENFIN ! TU AS RÉUSSI !
MONTEZ VITE !
VITE, MAHYIA ! QU'EST-CE QUE TU ATTENDS ? MONTE À L'ARRIÈRE... SOUS LA BÂCHE...
MILHAAN... JE NE VIENS PAS.
QUOI ?! MAHYIA...
LES HUMAINS ENCERCLENT LE VILLAGE, MILHAAN. NOS ENFANTS... ILS ONT TON HÉRITAGE... UN PÈRE HUMAIN DES CARACTÉRISTIQUES HUMAINES...
SI JE SUIS DÉCOUVERTE... AVEC VOUS... C'EST LA MORT POUR NOUS QUATRE.
MAHYIA...
VA, MILHAAN, VA. ET PROTÈGE-LES.
JE VOUS AIME.
CECI EST UNE HISTOIRE, MES ENFANTS.
L'HISTOIRE D'UNE LIBÉRATION.
L'HISTOIRE DU LÉMUR QUI A MAÎTRISÉ LE SOLEIL ET RETOURNÉ LE DESTIN. DU LÉMUR QUI PORTE AUJOURD'HUI LA COURONNE DES TROIS PEUPLES.
ÉCOUTEZ BIEN, MES FILS.
C'ÉTAIT IL Y A TRÈS LONGTEMPS...

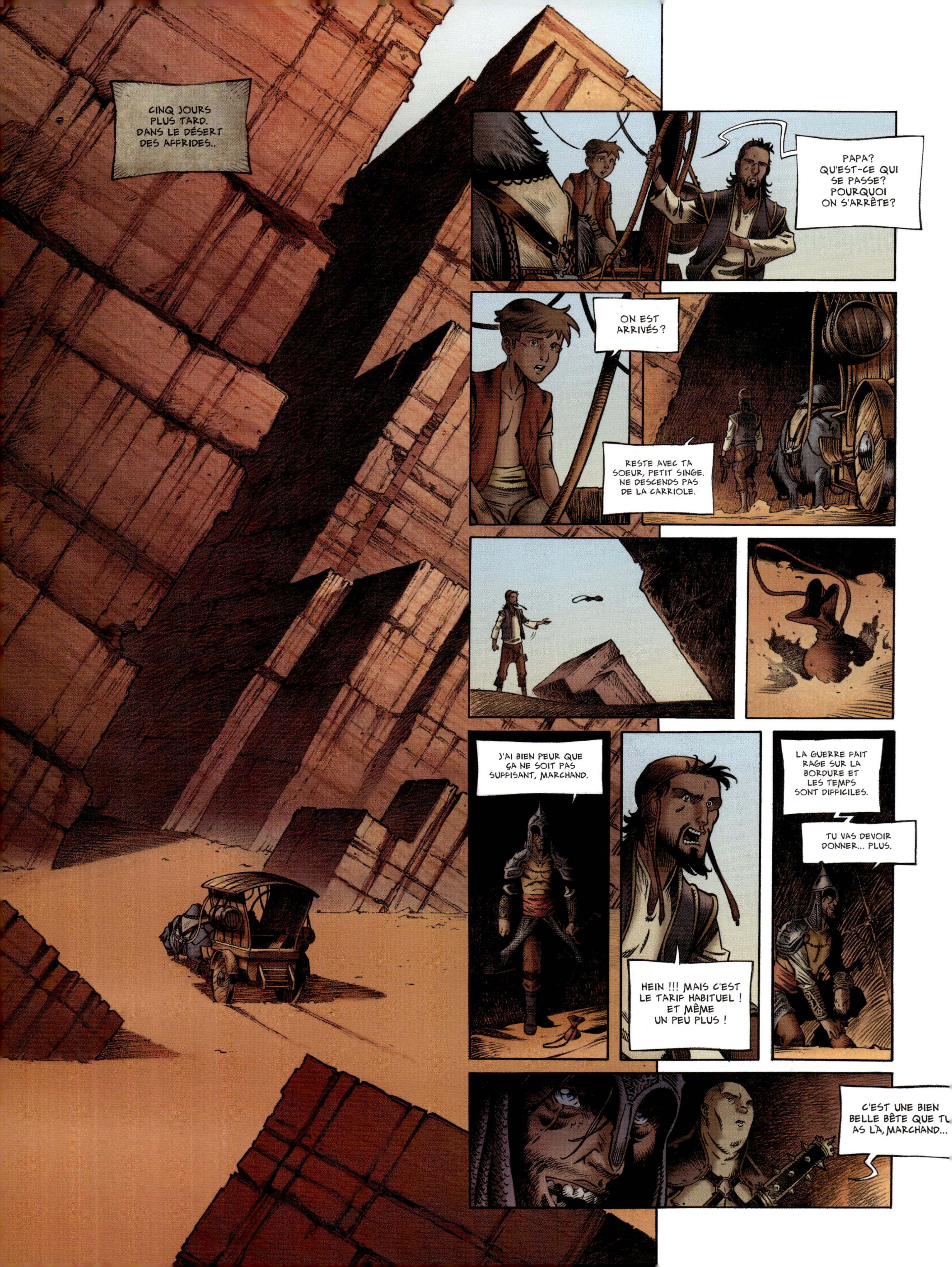
CINQ JOURS PLUS TARD. DANS LE DÉSERT DES AFFRIDES..
PAPA? QU'EST-CE QUI SE PASSE? POURQUOI ON S'ARRÊTE?
ON EST ARRIVÉS?
RESTE AVEC TA SOEUR, PETIT SINGE. NE DESCENDS PAS DE LA CARRIOLE.
J'AI BIEN PEUR QUE ÇA NE SOIT PAS SUFFISANT, MARCHAND.
HEIN !!! MAIS C'EST LE TARIF HABITUEL ! ET MÊME UN PEU PLUS !
LA GUERRE FAIT RAGE SUR LA BORDURE ET LES TEMPS SONT DIFFICILES.
TU VAS DEVOIR DONNER... PLUS.
C'EST UNE BIEN BELLE BÊTE QUE TU AS LÀ, MARCHAND...

RESTEZ DANS LA CARRIOLE, LES ENF...
AAAH !!!
S'IL Y A UN DIEU POUR LES COMMERÇANTS, C'EST LE MOMENT DE PRIER, MARCHAND...
SALE PETITE MORV...
ÇA SUFFIT, RANESH. NOUS AVONS CE QUE NOUS VOULONS, LAISSONS LE DÉSERT S'OCCUPER D'EUX.
SI LE DÉSERT VOUS ÉPARGNE, PRIEZ POUR QUE NOUS NE NOUS RECROISIONS JAMAIS. LA PROCHAINE FOIS, JE SERAI MOINS CLÉMENT.
5

ET C'EST AINSI QU'UN HUMAIN, PÈRE DE DEUX ENFANTS LÉMURS, SE RETROUVA SEUL DANS LE DÉSERT, SANS CHARGEMENT, SANS PROVISIONS, SANS MONTURE...
... AVEC, COMME SEULE EAU, L'OUTRE QUE LUI AVAIT JETÉE LE CHEF DES BANDITS QUI LES AVAIENT DÉPOUILLÉS.
ET BIENTÔT...
L'EAU FUT BUE...

ALORS ?
LE GARÇON EST ENCORE EN VIE.
LA FILLETTE RESPIRE AUSSI...
MAIS LE PÈRE EST MORT.
QUELLE EST VOTRE DÉCISION, HAUT PRÊTRE ?
LE GARÇON SERVIRA ENOCH. QU'IL SOIT SAUVÉ.
ENOCH.. ENOCH.. ENOCH.. ENOCH.. ENOCH.. ENOCH.. ENOCH.. ENOCH.. ENOCH.. ENOCH.. ENOCH.. ENOCH..
QUANT À LA PETITE...
EH BIEN...QU'ELLE ACCOMPAGNE SON PÈRE DANS SON DERNIER VOYAGE. IL AURA BESOIN D'UNE ÂME PURE POUR LUI MONTRER LA VOIE...
ENOCH!
ENOCH!
ENOCH!
ENOCH!
ENOCH!
ENOCH!
MAIS NOUS N'AVONS QUE TROP PERDU DE TEMPS, MES FILS. REPRENONS NOTRE PÈLERINAGE. LE SOLEIL N'ATTEND POINT...

QUINZE ANS PLUS TARD...
ELLE EST EN HAUT ! DANS LA SALLE DU TRÉSOR !
C'EST BON, ELLE EST COINCÉE.
RAPPELEZ-VOUS, L'EMPEREUR LA VEUT VIVANTE.

NE TIREZ QUE SUR MON ORDRE, SOLDATS.
OUI, GÉNÉRAL.
AAAH
9

QU'EST-CE QUE VOUS ATTENDEZ ?
SAISISSEZ-LA !!!
ELLE EST LÀ !!!
DESCENDS DE LÀ. IL N'Y A PAS D'ISSUE, TU ES COINCÉE...

JE SUIS SÛR QUE TU N'AS PAS PRÉVU DE MOURIR AUJOURD'HUI, PETITE. DESCENDS DE LÀ ET RENDS-NOUS LE RELIQUAIRE.
DÉSOLÉE, MAIS J'APERÇOIS MA PORTE DE SORTIE. JE VAIS DONC DEVOIR VOUS LAISSER...
AU PLAISIR, MESSIEURS.
NON !!! SI VOUS CREVEZ LE BALLON, LE RELIQUAIRE EST PERDU !!!
IL Y A D'AUTRES MOYENS DE LA RETROUVER.
11

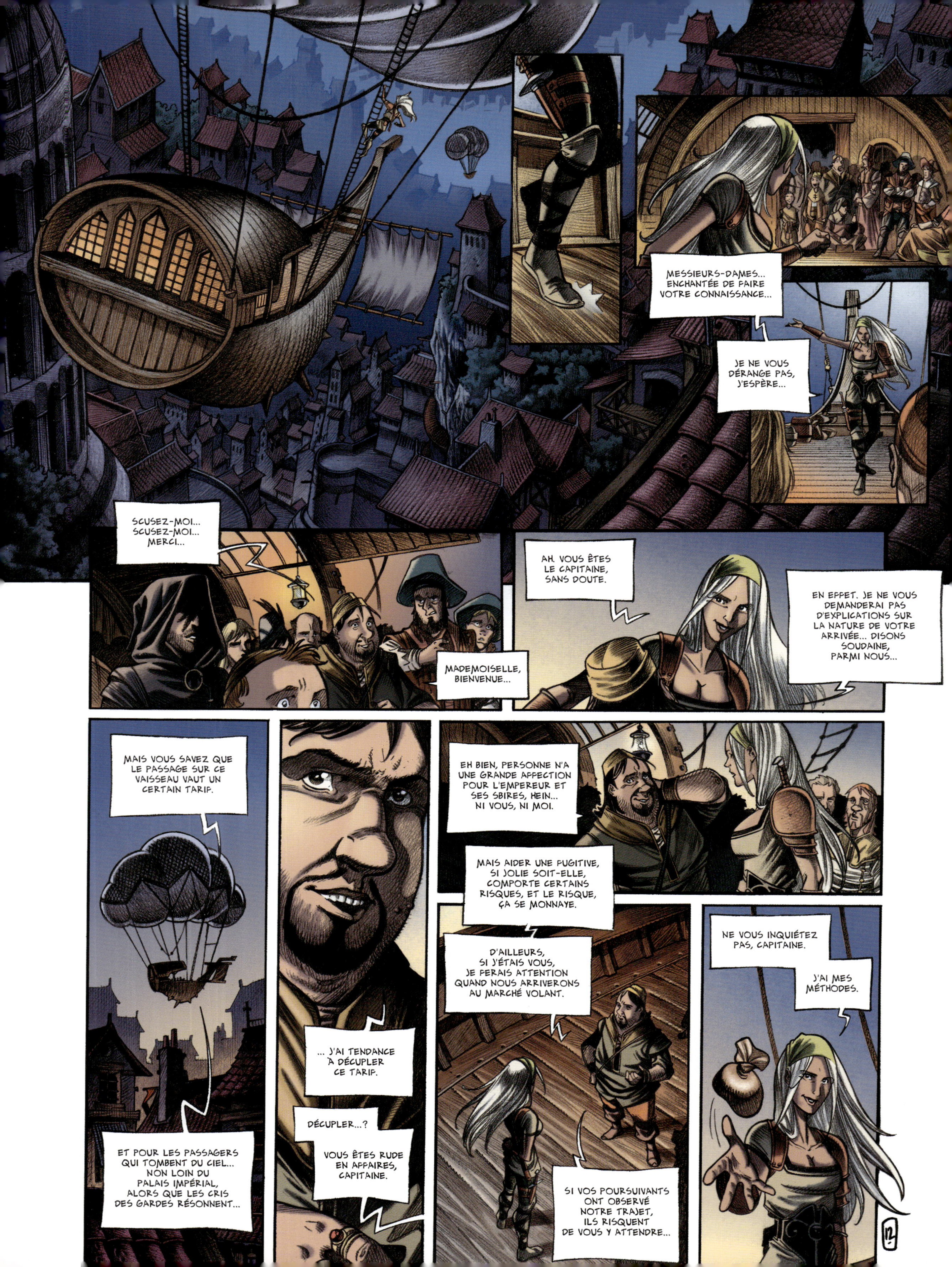
MESSIEURS-DAMES... ENCHANTÉE DE FAIRE VOTRE CONNAISSANCE...
JE NE VOUS DÉRANGE PAS, J'ESPÈRE...
SCUSEZ-MOI... SCUSEZ-MOI... MERCI...
MADEMOISELLE, BIENVENUE...
AH. VOUS ÊTES LE CAPITAINE, SANS DOUTE.
EN EFFET. JE NE VOUS DEMANDERAI PAS D'EXPLICATIONS SUR LA NATURE DE VOTRE ARRIVÉE... DISONS SOUDAINE, PARMI NOUS...
MAIS VOUS SAVEZ QUE LE PASSAGE SUR CE VAISSEAU VAUT UN CERTAIN TARIF.
ET POUR LES PASSAGERS QUI TOMBENT DU CIEL... NON LOIN DU PALAIS IMPÉRIAL, ALORS QUE LES CRIS DES GARDES RÉSONNENT...
... J'AI TENDANCE À DÉCUPLER CE TARIF.
DÉCUPLER...?
VOUS ÊTES RUDE EN AFFAIRES, CAPITAINE.
EH BIEN, PERSONNE N'A UNE GRANDE AFFECTION POUR L'EMPEREUR ET SES SBIRES, HEIN... NI VOUS, NI MOI.
MAIS AIDER UNE FUGITIVE, SI JOLIE SOIT-ELLE, COMPORTE CERTAINS RISQUES, ET LE RISQUE, ÇA SE MONNAYE.
D'AILLEURS, SI J'ÉTAIS VOUS, JE FERAIS ATTENTION QUAND NOUS ARRIVERONS AU MARCHÉ VOLANT.
SI VOS POURSUIVANTS ONT OBSERVÉ NOTRE TRAJET, ILS RISQUENT DE VOUS Y ATTENDRE...
NE VOUS INQUIÉTEZ PAS, CAPITAINE.
J'AI MES MÉTHODES.
12

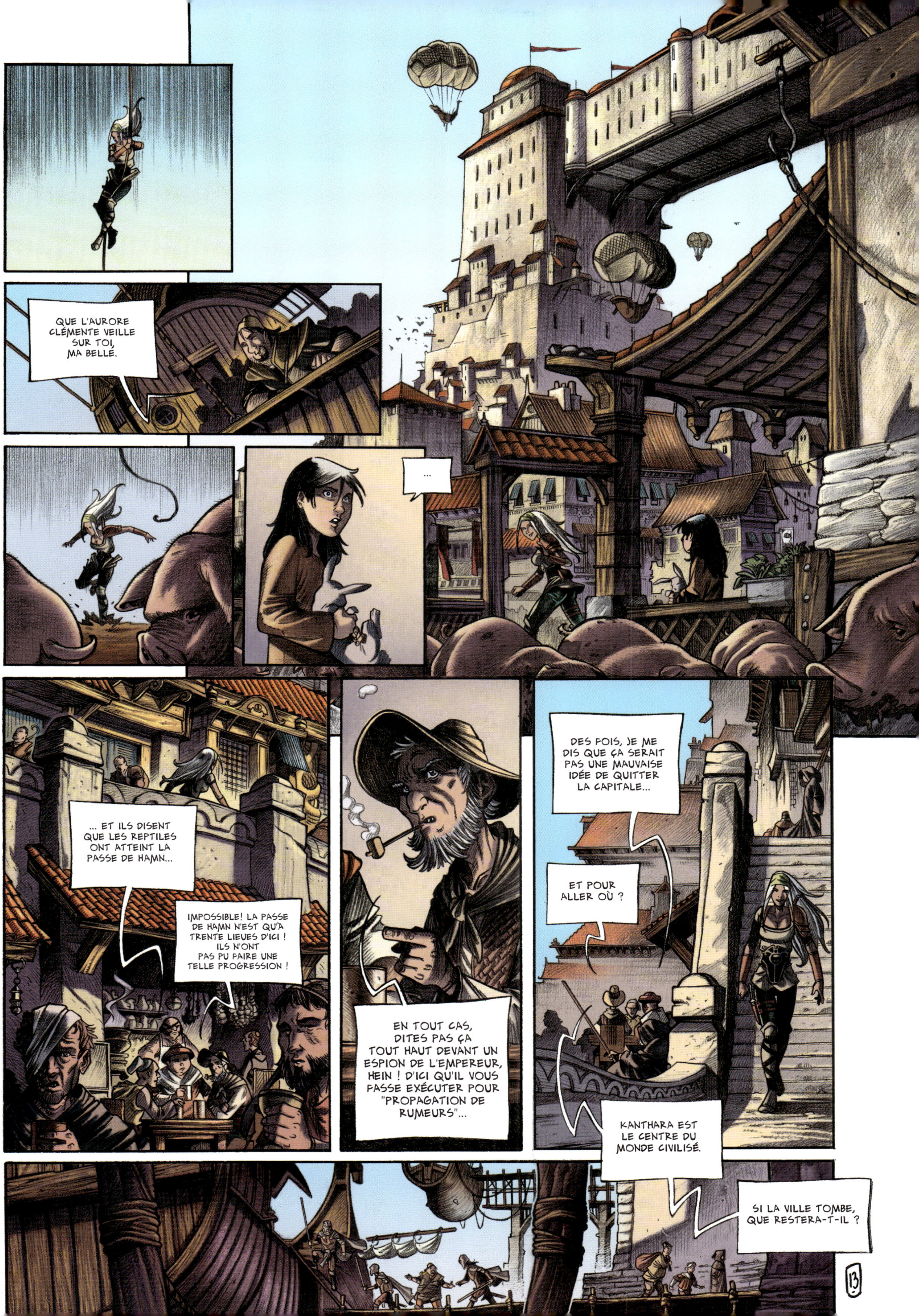
QUE L'AURORE CLÉMENTE VEILLE SUR TOI, MA BELLE.
...
... ET ILS DISENT QUE LES REPTILES ONT ATTEINT LA PASSE DE HAMN...
IMPOSSIBLE! LA PASSE DE HAMN N'EST QU'À TRENTE LIEUES D'ICI ! ILS N'ONT PAS PU FAIRE UNE TELLE PROGRESSION !
EN TOUT CAS, DITES PAS ÇA TOUT HAUT DEVANT UN ESPION DE L'EMPEREUR, HEIN ! D'ICI QU'IL VOUS PASSE EXÉCUTER POUR "PROPAGATION DE RUMEURS"...
DES FOIS, JE ME DIS QUE ÇA SERAIT PAS UNE MAUVAISE IDÉE DE QUITTER LA CAPITALE...
ET POUR ALLER OÙ ?
KANTHARA EST LE CENTRE DU MONDE CIVILISÉ.
SI LA VILLE TOMBE, QUE RESTERA-T-IL ?

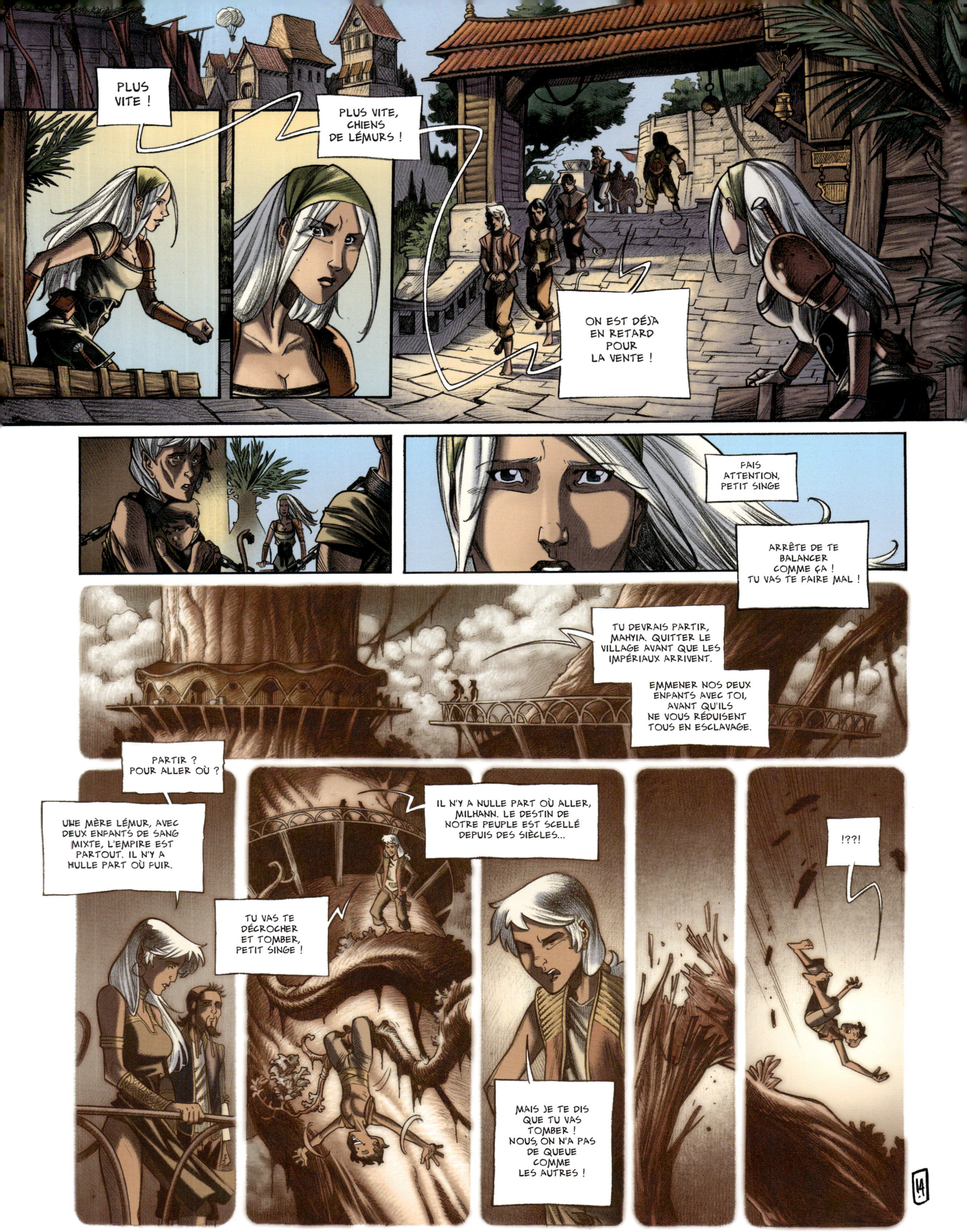
PLUS VITE !
PLUS VITE, CHIENS DE LÉMURS !
ON EST DÉJÀ EN RETARD POUR LA VENTE !
FAIS ATTENTION, PETIT SINGE
ARRÊTE DE TE BALANCER COMME ÇA ! TU VAS TE FAIRE MAL !
TU DEVRAIS PARTIR, MAHYIA. QUITTER LE VILLAGE AVANT QUE LES IMPÉRIAUX ARRIVENT.
EMMENER NOS DEUX ENFANTS AVEC TOI, AVANT QU'ILS NE VOUS RÉDUISENT TOUS EN ESCLAVAGE.
PARTIR ? POUR ALLER OÙ ?
UNE MÈRE LÉMUR, AVEC DEUX ENFANTS DE SANG MIXTE, L'EMPIRE EST PARTOUT. IL N'Y A NULLE PART OÙ FUIR.
TU VAS TE DÉCROCHER ET TOMBER, PETIT SINGE !
IL N'Y A NULLE PART OÙ ALLER, MILHANN. LE DESTIN DE NOTRE PEUPLE EST SCELLÉ DEPUIS DES SIÈCLES...
MAIS JE TE DIS QUE TU VAS TOMBER ! NOUS, ON N'A PAS DE QUEUE COMME LES AUTRES !
!??!
14

PETIT SINGE !
MÊME PAS MAL ...
JE T'AVAIS DIT !
SORAYA !
SORAYA ! JE T'AVAIS DIT DE SURVEILLER TON PETIT FRÈRE !
IL M'ÉCOUTE JAMAIS !
JE LUI AVAIS DIT, POURTANT, DE FAIRE ATTENTION...
QUE NOUS, ON A PAS DE QUEUE PARCE QU'ON EST À MOITIÉ HUMAINS ET PAS COMPLETS LÉMURS COMME LES AUTRES, MAIS IL NE M'OBÉIT JAMAIS.
ET MOI JE LUI DIS QU'IL DOIT M'OBÉIR PARCE QUE JE SUIS SA GRANDE SŒUR, ET QUE LES FILLES C'EST PLUS FORT, MAIS IL ME DIT QUE MÊME PAS VRAI.
C'EST BON, MA CHÉRIE. CE N'EST QU'UNE ÉGRATIGNURE.
JE VAIS SOIGNER ÇA TOUT DE SUITE. N'EST-CE PAS, PETIT SINGE ?
IL EST BEAU, NOTRE FILS.
NOS DEUX ENFANTS SONT BEAUX.
MON AMOUR, TU LE SAVAIS, N'EST-CE PAS ?
TU LE SAVAIS, QUE TOI ET MOI, CE N'ÉTAIT PAS POUR TOUJOURS...
TU SAIS QU'IL FAUDRA QUE JE REPARTE.
OUI. JE LE SAIS.
HUMAIN ET LÉMUR, C'EST IMPOSSIBLE. ÇA L'A TOUJOURS ÉTÉ.
JE NE SAIS PAS SI NOS ENFANTS SONT DES MONSTRES, OU DES MIRACLES. ET CHAQUE NUIT... JE ME DEMANDE...
JE ME DEMANDE CE QU'ILS DEVIENDRONT...
15

AUJOURD'HUI.
L'ÉLU L'ÉLU L'ÉLU L'ÉLU
AU CŒUR DE LA THÉOCRATIE D'OMÉRION.
L'ÉLU SE PRÉPARE.
L'ÉLU SE PURIFIE.
L'ÉLU A FLOTTÉ DANS L'EAU DE CRISTAL.
IL A LAISSÉ SA TRANSPARENCE LE VIDER DE SON HUMANITÉ ET SE PRÉPARE POUR SA VENUE...
LE JOUR DE LA VENUE EST PROCHE.
CAR : "AVANT, IL Y AVAIT LES GÉANTS."
"IL Y AVAIT LES GÉANTS, QUAND LA TERRE ÉTAIT JEUNE."
"QUAND L'HUMAIN N'ÉTAIT PAS ET QUE LES POUVOIRS S'AFFRONTAIENT. QUAND LA TERRE ÉTAIT PROPRE ET QUE BRÛLAIENT LES FEUX."
"L'HUMAIN EST ORDURE, MAIS LE PEU BRÛLE ENCORE."
"LE FEU EST EN NOS CŒURS ET LE PEU REVIENDRA."
LE FEU LE FEU LE FEU LE FEU LE FEU LE FEU

QUE VOIS-TU, MON FILS ?
JE VOIS LA DOULEUR DU MONDE, Ô PÈRE.
JE VOIS UNE MULTITUDE D'ÂMES, ERRANTES, SANS BUT. JE VOIS LES HUMAINS ET LA VACUITÉ DE LEUR EXISTENCE. JE LES VOIS. EUX ET LEURS DOUTES, LEURS QUESTIONS.
J'AI TELLEMENT HÂTE DE LEUR APPORTER LA RÉPONSE. DE DONNER UN SENS À LEURS VIES.
TELLEMENT HÂTE DE LEUR APPORTER LE FEU.
JE COMPRENDS TON IMPATIENCE ET TON DÉSIR, MON FILS. MAIS IL FAUT QUE TU SOIS EN PAIX.
DANS TROIS LUNES, ENOCH SERA ENFIN DE RETOUR ET IL S'INCARNERA. TU NE FERAS PLUS QU'UN AVEC LUI. TU DOIS L'ACCEPTER SANS RETENUE. TU DOIS T'OFFRIR À LUI ENTIÈREMENT.
POUR QUE L'UNION SOIT TOTALE.
DÈS LE DÉBUT, J'AI SU. DÈS LE MOMENT OÙ TU AS CROISÉ NOTRE ROUTE, J'AI SU QUE C'ÉTAIT TOI. QUE TU ÉTAIS DESTINÉ À PURIFIER LE MONDE.
ES-TU PRÊT, MON FILS?
JE SUIS PRÊT.

KANTHARA. LE PALAIS IMPÉRIAL.
... ET LES CONTRE-MAÎTRES SENTENT UNE AGITATION PARMI LES ESCLAVES, SIRE.
PARMI LES LÉMURS.
IL Y A EU QUELQUES BRÈVES RÉVOLTES, QUI ONT ÉTÉ ÉCRASÉES DANS LE SANG, MAIS CETTE TENDANCE...
CETTE TENDANCE EST INQUIÉTANTE, SIRE.
MASSACREZ-MOI DONC TOUT ÇA !
MAIS JE VOUS EN PRIE, GÉNÉRAL, PRENEZ DONC LA PAROLE, SANS ME DEMANDER PERMISSION...
LES CHEFS, LES FAUTEURS DE TROUBLES... VOUS ÊTES TOUS TROP DOUX AVEC LES LÉMURS. JE VEUX DIRE : CES RÈGLES DE PROTECTION DES ESCLAVES...
... QUAND J'ÉTAIS À LA TÊTE DE LA FLOTTE, ET QUE JE MENAIS LES RAIDS CONTRE LES VILLAGES FORESTIERS...
... JE N'AVAIS PAS DE RÈGLES, MOI ! JE TUAIS TOUS LES MÂLES, ET LES FEMELLES, JE PEUX VOUS DIRE...
ON LEUR FAISAIT PASSER LES ENVIES DE RÉVOLTE...
LES RÈGLES DE PROTECTION ONT ÉTÉ ÉNONCÉES SUR LA DEMANDE DES PROPRIÉTAIRES, GÉNÉRAL. ILS VOULAIENT UN MEILLEUR TAUX DE SURVIE DE LEUR MAIN-D'ŒUVRE.
MAINTENANT, SUFFIT, AVEC LES LÉMURS.
LES REPTILES, GÉNÉRAL. JE VEUX LES NOUVELLES DU FRONT.
OÙ EST IVANECH ? C'EST À LUI DE VOUS INFORMER, SIRE.
IVANECH N'EST PAS LÀ, GÉNÉRAL.

ET POURQUOI N'EST-IL PAS PRÉSENT À VOTRE CONSEIL, SIRE ?
SAVEZ-VOUS QUE LE RELIQUAIRE A ÉTÉ VOLÉ CE MATIN ?
LES GARDES DU PALAIS SONT SOUS LA JURIDICTION D'IVANECH, CE ME SEMBLE ? C'EST DONC LUI LE RESPONSABLE DE...
OUBLIEZ IVANECH, GÉNÉRAL.
PARLEZ-MOI PLUTÔT DE LA PASSE DE HAMN.
NOS ARMÉES SONT EN PLACE, ET NOTRE STRATÉGIE S'APPLIQUE, SIRE.
PARFAIT ! NOUS AVONS DONC REPRIS LE PLATEAU...
EH BIEN ...
... NON, NOUS AVONS TROUVÉ PLUS SAGE DE FAIRE UNE RETRAITE TACTIQUE, ET DE LAISSER POUR L'INSTANT LE PLATEAU AUX REPTILES... NOUS AVONS FAIT RETRAITE DE DIX LIEUES, MAIS C'EST POUR, HEU...
POUR MIEUX LES PIÉGER PAR LA SUITE...
DIX LIEUES!
VOUS AVEZ RECULÉ DE DIX LIEUES.
VOUS ALLEZ VOUS RENDRE EN PERSONNE À LA PASSE, GÉNÉRAL.
VOUS ALLEZ REVOIR VOTRE "STRATÉGIE".
VOUS ALLEZ CONDUIRE VOS TROUPES.
VOUS ALLEZ VOUS PLACER AU PREMIER RANG, ET VOUS ALLEZ VOUS BATTRE.
ET VOUS ALLEZ ME RAMENER LA VICTOIRE.
EST-CE ENTENDU ?
C'EST... C'EST ENTENDU, SIRE.
19

SALUT, LES GARÇONS.
SALUT, SORAYA.
ON NE LUI DEMANDE PAS LE MOT DE PASSE DU JOUR?
À LA PROTÉGÉE PARTICULIÈRE DE SANTORIN ? TU CHERCHES LES ENNUIS ?
SA "PROTÉGÉE PARTICULIÈRE"... COMMENT ÇA, "PARTICULIÈRE" ? TU VEUX DIRE QU'IL COUCHE AVEC ?
MAIS NON, ABRUTI. C'EST PLUTÔT COMME SA FILLE...
LA RUMEUR DIT QU'IL L'A RECUEILLIE MOURANTE, DANS LE DÉSERT DES APPRIDES, QUAND ELLE ÉTAIT GAMINE, ET QU'IL L'A ÉLEVÉE DEPUIS...
20

SANTORIN …
SORAYA. ENTRE, MA BELLE.
OH, SANTORIN…
ILS MENAIENT DES ESCLAVES LÉMURS AU MARCHÉ, ET ILS LES TRAITAIENT… COMME D'HABITUDE, COMME DES BÊTES… JE…
… SORAYA, NOUS PARLERONS DES LÉMURS PLUS TARD, D'ACCORD ?
TU AS LE RELIQUAIRE ?
BIEN ENTENDU. À VRAI DIRE, JE M'ATTENDAIS À PLUS DE DIFFICULTÉS. LES GARDES N'ÉTAIENT PAS TRÈS EFFICACES, ET LEUR ORGANISATION AVAIT DE NOMBREUSES FAILLES…
QUELLE MAGNIFIQUE PIÈCE…
OUI, MAGNIFIQUE…
POUR UNE IMITATION.
TU ES FOU ! EST-CE QUE TU RÉALISES LA VALEUR DE…
HEIN ?!
UNE IMITATION ?!!
UNE IMITATION, ABSOLUMENT, BELLE SORAYA.
???
MAIS CE QUE VOUS DITES SUR LES GARDES DU PALAIS ME TOUCHE AU CŒUR.
SORAYA, PERMETS-MOI DE TE PRÉSENTER IVANECH D'ARGUANTERY, CAPITAINE DES GARDES IMPÉRIAUX.
21

... DES GARDES IMPÉRIAUX ?
LES VOLEURS DE LA GUILDE VENDENT CHÈREMENT LEUR VIE ! SANTORIN, DERRIÈRE MOI !!!
MAIS JE N'EN DOUTE PAS...
D'AILLEURS, JE SUIS PRÊT À PAYER.
SORAYA, LE VOL DU RELIQUAIRE ÉTAIT UN TEST. L'EMPEREUR A BESOIN DE NOS COMPÉTENCES... DE TES COMPÉTENCES, POUR ÊTRE PLUS PRÉCIS.
AVANT DE T'ENGAGER POUR... UNE MISSION DONT IVANECH VA TE PRÉCISER LES DÉTAILS, SA MAJESTÉ VOULAIT VÉRIFIER QUE TU ÉTAIS CAPABLE DE RELEVER LE DÉFI.
UN TEST ?
UN TEST.
UN PEU EXTRÊME, J'EN CONVIENS MAIS...
SANS RANCUNE.
LA MISSION ?
HEU... QUAND ELLE DIT "SANS RANCUNE", ÇA SIGNIFIE QUOI, EXACTEMENT, SANTORIN ?
EH BIEN...
LA MISSION ?
LA MISSION.
VOUS SAVEZ DÉJÀ QUE LA GUERRE VA MAL. L'AVANCÉE DES REPTILES EST INEXORABLE, ET NOS GÉNÉRAUX... INCOMPÉTENTS.
22

ÇA FAIT DES GÉNÉRATIONS QUE PAREIL PÉRIL NE NOUS A MENACÉS...
NOS SOLDATS SONT HABITUÉS À MASSACRER DES LÉMURS SANS DÉFENSE. MAIS DEVANT UN VÉRITABLE ADVERSAIRE...
BREF.
DANS LA CITÉ D'OMÉRION, LES ADORATEURS D'ENOCH TENTENT DE FAIRE REVENIR LEUR DÉMON DEPUIS DES SIÈCLES.
D'APRÈS NOS ESPIONS, ILS SONT PRÈS DE RÉUSSIR.
ILS VONT INCARNER ENOCH DANS UN ÊTRE HUMAIN, ET FAIRE DÉFERLER SON POTENTIEL DE DESTRUCTION SUR NOTRE MONDE... POUR LE RÉDUIRE À NÉANT, PARCE QUE CES FOUS PENSENT QUE LES HUMAINS NE MÉRITENT PAS DE VIVRE...
J'AI SOUVENT LA MÊME OPINION.
QUE VOILÀ UNE PHILOSOPHIE PESSIMISTE, BELLE SORAYA ! PERMETTEZ-MOI DE NE PAS Y ADHÉRER.
MOI, J'AIME BIEN VIVRE, ET DE MANIÈRE GÉNÉRALE, L'EMPEREUR PRÉFÉRERAIT ÉVITER L'APOCALYPSE. OR, LES ANCIENS TEXTES DISENT QU'ENOCH EST TRÈS PUISSANT...
... VOUS VOULEZ DONC L'UTILISER COMME ARME CONTRE LES REPTILES.
EXACTEMENT.
J'AI CONSTITUÉ UNE PETITE ÉQUIPE, DONT VOUS FEREZ PARTIE, SORAYA. LE TEMPLE DES ADORATEURS D'ENOCH EST RÉPUTÉ INVIOLABLE. C'EST LÀ QUE VOUS INTERVIENDREZ. NOUS DEVRONS INVESTIR LES LIEUX AU MOMENT OÙ ENOCH S'INCARNERA DANS "L'ÉLU", ET CAPTURER CELUI-CI EN NOUS RENDANT MAÎTRES DE SES CAPACITÉS ET DE SES POUVOIRS...
CE QUI SERA, VOUS VOUS EN DOUTEZ, EXTRÊMEMENT PÉRILLEUX.
ET COMBIEN L'EMPEREUR EST-IL PRÊT À PAYER POUR MES SERVICES ?
MILLE SPIRES D'OR TOUT DE SUITE, MILLE AUTRES SI NOUS SURVIVONS.
TRÈS BIEN.
SORAYA EST "À VOUS".

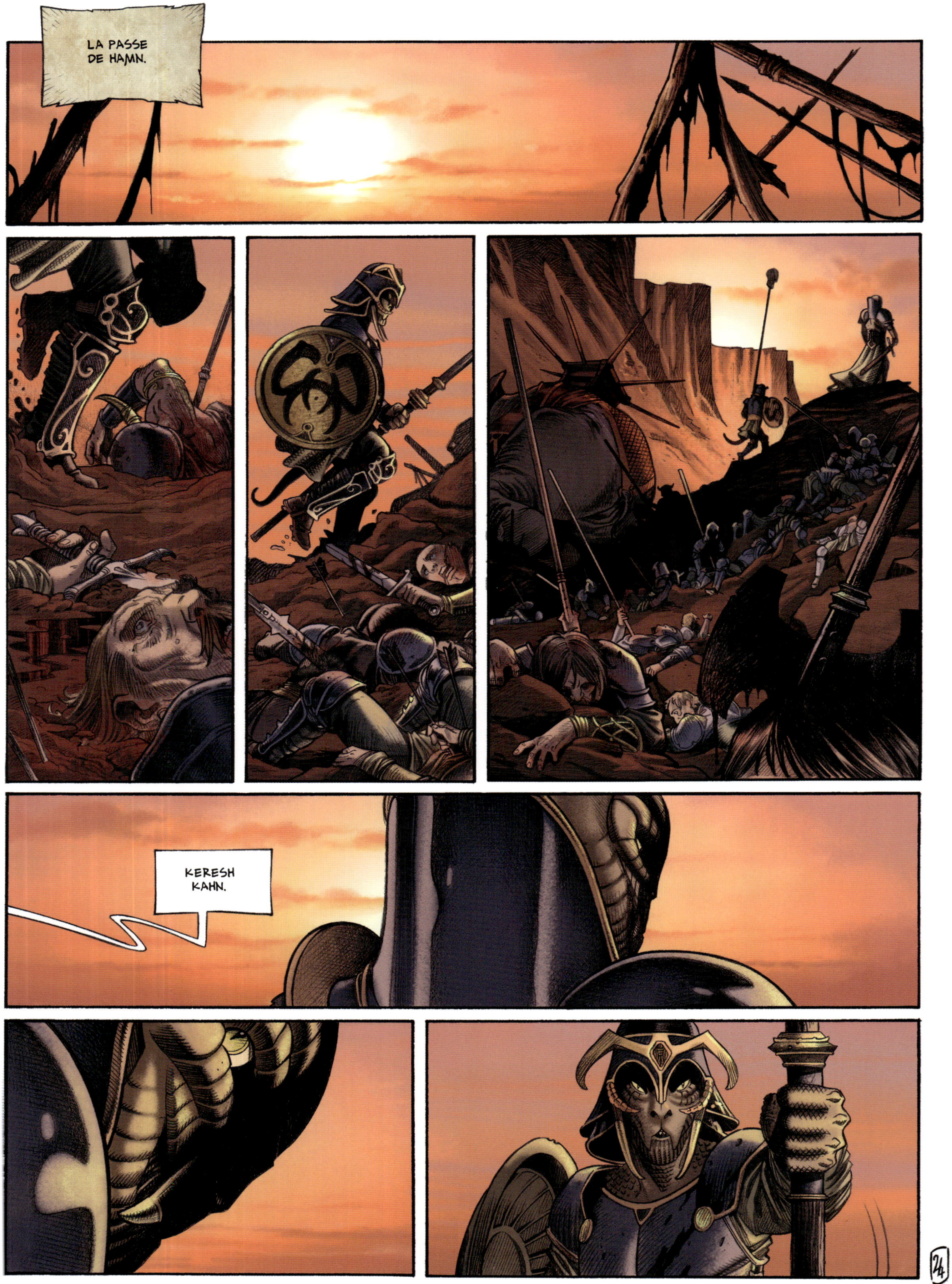
LA PASSE DE HAMN.
KERESH KAHN.
24

UN SARI VOYAGEUR.
IL ARRIVE DE LA PASSE DE HAMN !
UN MESSAGE... À PORTER AU CAPITAINE ...
DE LA PASSE DE HAMN.
JE L'APPORTE AU PREMIER CONSEILLER...
DES NOUVELLES DE HAMN. À PORTER À L'EMPEREUR...
... ET INUTILE DE LUI DIRE QUE J'EN AI LU LE CONTENU.
SIRE.
DES NOUVELLES DU GÉNÉRAL CREED.
26
LA PASSE DE HAMN EST TOMBÉE.
LE GÉNÉRAL CREED EST MORT...

JE NE PLEURERAI PAS LA MORT DE CE MONSTRE... DE CE BOURREAU...
MAIS SI UNE ACTION DOIT ÊTRE ENTREPRISE, C'EST MAINTENANT, SANTORIN.
MON AMI... COMMENT DOIS-JE VOUS APPELER ?
APPELEZ-MOI "L'ESCLAVE". OU "LE LÉMUR".
TRÈS BIEN.
VOUS SAVEZ QUE JE SOUTIENS VOTRE CAUSE. QUE JE SUIS SENSIBLE À L'INJUSTICE QUI VOUS EST FAITE.
À VOUS, À VOTRE PEUPLE. D'AILLEURS, VOUS SAVEZ SANS DOUTE QUE MA PROTÉGÉE... MA FILLEULE, SORAYA...
... EST MI-HUMAINE, MI-LÉMUR.
NOUS LE SAVONS.
C'EST POUR ÇA QUE NOUS VENONS VOUS VOIR.
JE N'AI QU'UNE HEURE. APRÈS, MON MAÎTRE S'APERCEVRA DE MON ABSENCE.
JE SUIS NAVRÉ, "L'ESCLAVE".
MAIS LA GUILDE DES VOLEURS NE SE MÊLERA PAS D'UNE RÉVOLUTION...
... J'AI TOUT DE SUITE SU QUE VOUS AVIEZ DU SANG LÉMUR, SORAYA.
DÈS QUE JE VOUS AI VUE DANS LE BUREAU DE SANTORIN.
VOTRE MANIÈRE DE VOUS TENIR... DE MARCHER...
UNE CERTAINE GRÂCE...
J'AI SU.
27

UNE CERTAINE GRÂCE ?
UNE CERTAINE GRÂCE.
ÉLÉGANT COMPLIMENT... MAIS FACILE.
FACILE ?
FACILE, OUI...
VENANT DU FILS D'UNE FAMILLE NOBLE ET AISÉE, À QUI LES MEILLEURS PRÉCEPTEURS ONT APPRIS L'ART DE LA CONVERSATION. ÉLEVÉ DANS LE MIEL ET LE VELOURS, HABITUÉ À CE QU'AUCUNE FEMME NE LUI RÉSISTE...
HABITUÉ À CE QU'AUCUNE FEMME NE LUI RÉSISTE... VRAI.
FILS D'UNE FAMILLE NOBLE ET AISÉE... FAUX.
J'AI ÉTÉ ÉLEVÉ DANS LES CAMPS. MON PÈRE ÉTAIT SIMPLE SOLDAT.
QUAND J'AVAIS QUATORZE ANS, IL EST MORT EN SAUVANT LA VIE DE L'EMPEREUR... ET CELUI-CI M'A PRIS SOUS SON AILE. PROTÉGÉ, ÉDUQUÉ. COMME SANTORIN L'A FAIT POUR VOUS.
MAIS MES QUATORZE PREMIÈRES ANNÉES N'ONT EU NI VELOURS NI MIEL.
NAVRÉE. JE L'IGNORAIS.
VOUS PARAISSEZ POURTANT MANIER TOUTES CES... CES MANIÈRES DE COUR AVEC UN TEL NATUREL...
IL M'A FALLU APPRENDRE VITE.
ATTENTION... CE N'ÉTAIT PAS DÉSAGRÉABLE NON PLUS. AVOIR SOUDAIN DES APPARTEMENTS AU PALAIS, DE BEAUX HABITS, DES ESCLAVES PRÊTS À FAIRE MES QUATRE VOLONTÉS, SOUS PEINE DE FOUET...
DES ESCLAVES... DES LÉMURS, BIEN SÛR.
SORAYA...

SORAYA ! JE NE VOULAIS PAS...
JE ME SUIS MAL EXPRIMÉ...
NON.
HÉLAS... C'ÉTAIT TRÈS CLAIR.
SORAYA, ATTENDS.
INUTILE DE S'ÉNERVER. JE CITAIS JUSTE UN FAIT.
LES LÉMURS SONT ESCLAVES, ET CE N'EST PAS EN PRENANT DES AIRS QUE...
CAPITAINE IVANECH ?
CAPITAINE IVANECH ?
MMMM... OUI.
CAPITAINE... AI-JE VRAIMENT VOTRE ATTENTION ?
PARDON, CONSEILLER, J'ÉTAIS DISTRAIT. BIEN SÛR. JE VOUS ÉCOUTE.
REGARDEZ
LES FORÊTS D'OMÉRIA. NOUS APPROCHONS.
JE CROIS QUE NOUS SERONS BIENTÔT À NOTRE POINT D'ARRIVÉE.

JE NE M'EXCUSERAI PAS UNE NOUVELLE FOIS.
LE MONDE EST TEL QU'IL EST. INJUSTE POUR TOUS.
JE VAIS... QUOI ? NE JAMAIS PRONONCER LE MOT "ESCLAVE" POUR NE PAS OFFENSER TES "SUSCEPTIBILITÉS"...?
IL Y A DES CHOSES QU'ON NE PEUT PAS CHANGER. IL FAUT LES ACCEPTER, C'EST TOUT.
VA TE FAIRE FOUTRE, IVANECH.
VA CREVER EN ENFER, ET NE T'AVISE PLUS DE M'ADRESSER LA PAROLE...
AU CŒUR DU TEMPLE D'ENOCH...
"AVANT, IL Y AVAIT LES GÉANTS."
"QUAND L'HUMAIN N'ÉTAIT PAS ET QUE LES POUVOIRS S'AFFRONTAIENT."
"QUAND LA TERRE ÉTAIT PROPRE ET QUE..."
NON. RÉCITE-MOI PLUTÔT LA VERSION DE SAKPUR... CELLE AVEC LA STROPHE PRIMALE.
IL FAUT QUE TU SACHES LES TEXTES, MON ENFANT. QUAND ENOCH VIENDRA, QUAND TU SERAS LUI...
... TU DEVRAS ÊTRE DIGNE DE LUI.
LA STROPHE PRIMALE... HEU...
"AVANT, IL Y AVAIT LES GÉANTS. LA TERRE... LA TERRE N'ÉTAIT PAS SALIE PAR L'ÉGOÏSME ET LE GAIN."
"LES PEUPLES MINEURS N'OSAIENT POINT..." HEU...
"ILS N'OSAIENT POINT..."
HAUT PRÊTRE, COMMENT SAIT-ON QU'UN PEUPLE EST MINEUR ?
30

EH BIEN, CE N'EST PAS UNE QUESTION DE NAISSANCE, MAIS DE CARACTÈRE.
NOS SERVITEURS NE SONT PAS FAITS POUR VIVRE, ET ILS L'ACCEPTENT AVEC JOIE.
ROUGE !
TRÈS BIENTÔT, TU SERAS SACRIFIÉ PAR LE FEU D'ENOCH, POUR NOURRIR SA PUISSANCE.
EN ES-TU HEUREUX ?
JE SUIS HEUREUX, HAUT PRÊTRE.
BLEU ! TOI AUSSI, TU SERAS SACRIFIÉ !
ES-TU HEUREUX ?
JE LE SUIS, HAUT PRÊTRE.
ET TOI, ORANGE ?
J'AI DIT : ES-TU HEUREUX ?
AAAAH !
JE... JE SUIS HEUREUX !
VOILÀ QUI EST MIEUX.
TU VOIS, MON ENFANT.
LES PEUPLES MINEURS PÉRISSENT PAR LE FEU. C'EST AINSI QU'ON LES DÉFINIT.
ET TOI...
TU SERAS LE FEU.
31

ARRÊTEZ.
NOUS Y SOMMES.
C'EST L'ARRIÈRE DU TEMPLE. C'EST PAR LÀ QUE NOUS ALLONS PÉNÉTRER DANS LA CITÉ.
CE SERA MOINS SUICIDAIRE QUE D'ESSAYER DE PASSER PAR L'ENTRÉE PRINCIPALE.
MOINS SUICIDAIRE ?!!
FAÇON DE PARLER. TOUT LE MONDE RESTE BIEN À COUVERT. SI NOUS NOUS FAISONS REPÉRER MAINTENANT, ON PEUT DIRE ADIEU À TOUTE L'OPÉRATION.
CAPITAINE. IL Y A DES GARDES AUX MEURTRIÈRES...
J'AI VU. GRAVIR CETTE MURAILLE, POUR UN HUMAIN... ÇA FRÔLE L'IMPOSSIBLE. C'EST POUR ÇA QU'ELLE EST LÀ.
SORAYA ?
OUI.
JE SUIS PRÊTE.
MAIS ATTENDONS QUAND MÊME LA NUIT.

AU MÊME INSTANT... AUX PORTES DE KANTHARA...
POK !
BOUGE PAS, ÇA DOIT ÊTRE LA RELÈVE...
DONNE L'ALERTE, ARLANN !! DONNE L'ALERTE !!
PAR LE SANG DU GÉANT... IL FAUT PRÉVENIR L'EMPEREUR...
33

34
35

MAIS QU'EST-CE QU'ELLE FICHE ?
ÇA FAIT DEUX HEURES QU'ELLE EST PARTIE !
VOTRE VOLEUSE INVESTIT, SEULE, UNE DES PORTERESSES LES PLUS GARDÉES DES TERRES CONNUES...
LAISSONS-LUI UN PEU DE TEMPS, VOULEZ-VOUS ?
KRAK

UN GARDE DU TEMPLE ...
KRUNK !
KRAK
RUNK !
IMPRESSIONNANTE, VOTRE PETITE ALLIÉE.
EN EFFET...
HEU... JE VOUS EN PRIE, CAPITAINE.
APRÈS VOUS...

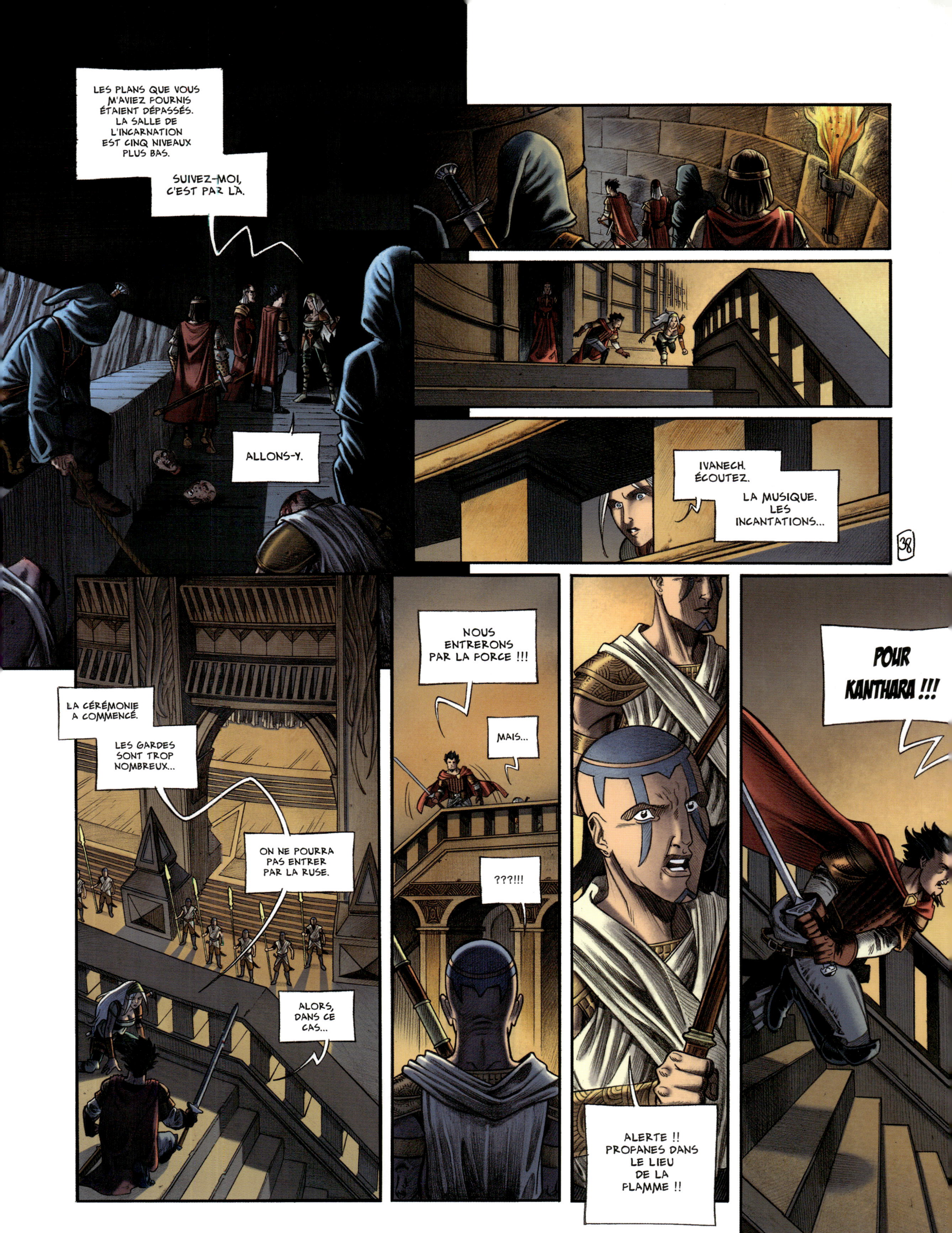

LES PLANS QUE VOUS M'AVIEZ FOURNIS ÉTAIENT DÉPASSÉS. LA SALLE DE L'INCARNATION EST CINQ NIVEAUX PLUS BAS.
SUIVEZ-MOI, C'EST PAR LÀ.
ALLONS-Y.
IVANECH. ÉCOUTEZ.
LA MUSIQUE. LES INCANTATIONS...
38
LA CÉRÉMONIE A COMMENCÉ.
LES GARDES SONT TROP NOMBREUX...
ON NE POURRA PAS ENTRER PAR LA RUSE.
ALORS, DANS CE CAS...
NOUS ENTRERONS PAR LA FORCE !!!
MAIS...
???!!!
ALERTE !! PROFANES DANS LE LIEU DE LA FLAMME !!
POUR KANTHARA !!!

INFIDÈLES !!
AAAAHHH !!!
39

MAÎTRE, C'EST UNE BARRIÈRE IRIS !! ELLE BLOQUE L'ENTRÉE ! ELLE EST TROP PUISSANTE... JE NE PEUX PAS LA FAIRE TOMBER...
KROK
KROK
RETENEZ LES GARDES. JE M'EN OCCUPE.
DÉTRUISEZ-LA ! DÉTRUISEZ LA BARRIÈRE !!
JE...
LES ONDES SORCELLAIRES ADVERSES...
JE PEUX À PEINE...
ÇA Y EST !
DÉPÊCHEZ-VOUS !!
JE NE VAIS... PAS TENIR LONGTEMPS...
TROP HAUT POUR...
SORAYA !
VU !
ARRÊTEZ-LA !!
40

??!!
MAIS...
COMMENT...
ARRÊTEZ CETTE CHIENNE !!!
ARRÊTEZ-LA AVANT QU'ELLE N'ATTEIGNE...
LES...
SWIP!
... PROTECTEURS.
NON !!!
LA BARRIÈRE !
41
KANTHARA !!!

LE GRAND PRÊTRE !!!
TUEZ LE GRAND PRÊTRE !!!
KRAAASH!
??!!!
???!!!
PE... PETIT SINGE...?
SORAYA...
42

... JE... LE RITUEL ...
... NE PARVIENS PAS... À LE CONTRÔLER...
... LE HAUT PRÊTRE...
SORAYA !
SORAYA !
NON !!
ASSASSIN !!!
ATT...
AH !
PETIT SINGE !!!

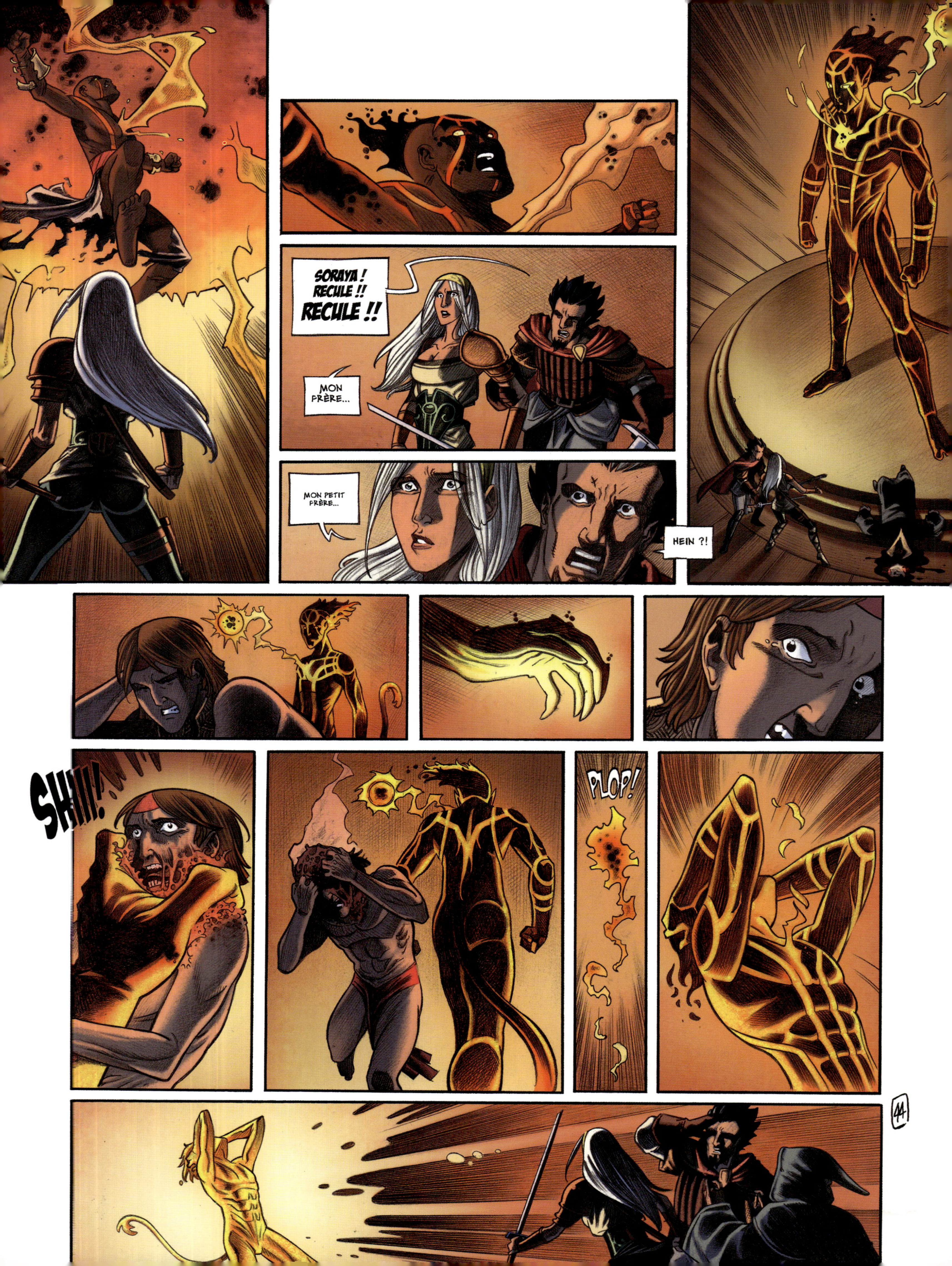
SORAYA ! RECULE !! RECULE !!
MON FRÈRE...
MON PETIT FRÈRE...
HEIN ?!
SHHH!
PLOP!
44

DEPUIS DES MILLIERS D'ANNÉES...
... LES HUMAINS GARDAIENT LES LÉMURS EN ESCLAVAGE.
LES REPTILES AVAIENT AVANCÉ DANS LES TERRES FERTILES, ILS AVAIENT PILLÉ, PRIS ET TUÉ.
ILS VOULAIENT DÉTRUIRE L'EMPIRE, ET LA PLUS GRANDE, LA PLUS BELLE CITÉ DU MONDE. KANTHARA, ÉTAIT EN GRAND PÉRIL...
PARFAIT.
JE PENSE QUE L'EMPEREUR A TROUVÉ SON ARME...
LE FEU... IL NE PEUT LE CONTENIR...
MOI JE... JE SUIS TROP ÉPUISÉ...
JE... NE NOUS PROTÉGERAI PAS...
... UNE SECONDE FOIS....
45

CECI N'EST PAS... L'HISTOIRE D'UNE SIMPLE GUERRE, MES ENFANTS.
CECI EST NOTRE HISTOIRE.
LE PEUPLE DU SOLEIL, NOUS APPELAIT-ON... AVANT NOTRE CAPTIVITÉ.
C'EST L'HISTOIRE D'HÉLIOS, SURNOMMÉ LE SOLEIL. ET COMMENT IL NOUS RENDIT LIBRES.
HÉLIOS...
COMMENT IL UNIT LES TROIS PEUPLES. ET PLUS TARD, BIEN PLUS TARD...
... COMMENT IL DEVINT EMPEREUR.